JN091032

杉本明美 歌集

向こう岸に

青磁社

向こう岸に＊目次

杉本明美歌集

向こう岸に

春の鳥かげ

四方《よも》の空夕焼けのして叡山にかかる二本の虹くきやかに

アーケードの天蓋に陽の降りそそぎふわり映れる春の鳥かげ

「誠実は破滅だ智恵がなければ」と書にかかれいて次男を思う

空気読み過ぎる性質《たち》　諸々のことを退くこれも病か

熱し易く冷め易きは自信のなき護身法ならん深傷《いたで》を避ける

タロットに風の宮とぞ何事も為し得ぬ性《さが》と言い当てられぬ

左目は映画「モロッコ」の砂あらし右目はふうわり油滴揺蕩う

竜に似る雲に睛《ひとみ》を入れんとし飛蚊症の点定まらず

「甘い生活」

重ね着て徳利のセーターのなお寒し語源は映画「ラ・ドルチェヴィータ」

邦画名「甘い生活」

この春に五人が一度に辞職すと雇用システム変える算段

寄せ書きに入社式より退職までの写真も貼られ惜別の辞も

人一人片手に乗せて演技するチア・リーダーに男子混じれり

さ水垂のごと搔き鳴らすじょんからを目瞑りて聴くアンコールを聞く

自販機のインベーダーに押されゆけり煙草屋むかしの看板娘

子の寝たる足裏《あうら》の何と無防備な育《しと》ね来たりし充足を見る

中世の資料多きと師の言いし朽木村より左京区に入る

滴る隈取り

外資系のホテルの骨組み建ち上がる保元の乱に対峙せし跡

亀治郎と別れを告げて連獅子は汗か涙か滴る隈取り

猿之助襲名

黒豆は炒りはじめてより十分で弾け笑いてその後薫る

洗い髪の自然に乾けば亡き母と同じ分け目と同じ癖毛に

半世紀前の古里《さと》に来し実演は端が畑の字マドロス姿

田端義夫氏逝く

無音にてライブで映る渡月橋逆まく波に打たれ洗われ

前を行くバック・ベルトにサンダルの薄紅色のまんまる踵《かかと》

信楽か丹波の焼締めマロニエの大葉枯れ落ち反りて空むく

白百合の一片《ひとひら》落ちしもほの香り祝賀のあとの玻璃器に浮かぶ

二十歳《はたち》でも脳の細胞十万個一日《ひとひ》で失せると　愉快となりぬ

脳トレサポーター

薄着にて人前歩く心地せり拙き歌集上梓してより

空の深みに

万国旗降ろされリレーの喚声も空の深みに吸われし静けさ

写真展の昭和の子らに埋もれる紙芝居屋の男嬉し気

昭和の子今の子よりも表情が豊けき何もが足らざりし世に

思い出の温とさひとつ桐少し焦して眉を引きいき伯母は

大仰は信用できぬと兼好は我にもあるか意識し慎む

寒気団の響きか静寂《しじま》を裂く音に真夜中をとぶ飛行機と知る

朗月の光浴びつつ今日ひと日傷付けたりし人は無きかと

逝きませる教授に受けし講義ノートの背表紙「国境の越え方」仰ぐ

そよぐエノコロ

風邪ひとつひくごと枯れゆくこの身かな師走にそよぐエノコロ軽《かろ》し

肺炎に罹りしことも気付かずに凍てし朝ごと独居の目守《まも》り

胸の奥に呑み込みきたる言の葉の多けれ息の吸う力無き

孫ほどの子と学べるを病める身のキャンパスくぐれば細胞蘇生

昂ぶりてまんじりともせず対応の至らぬ故の自死かと思い

世界中の人みな敵と戦ききさぞ苦痛より逃げたかりしか

母の忌の三月いつも心此処にあらなく揺蕩いゆりかもめ舞う

コンビニの前のベンチに小雀はコロコロまろぶおねだり上手

母の息吹を

仄暗き書庫に蹲り母の息吹をと八十年前の短歌誌捲る

薄暗く地味な書庫にて何するやと言語学者に問いかけらるる

二十五歳で早逝したる母の短歌《うた》一首なりとも探し当てたしと

出生地の結社に新美南吉のゆかりから先ずと助言を受くる

牡丹江・朝鮮・満州と改造社の戦中短歌誌に載れる投稿

文人も奪われし心に約違え美女は溶けしと「紀長谷雄草紙《はせおそうし》」は

縮れ毛は今も昔もあるならん「男衾三郎絵詞《おぶすまさぶろう》」にうからら揃い

我が親族《うから》も男衾三郎も皆な癖毛校則違反となじられしこと

深追いをすれば破《や》れると知りつつも後ろから迫まる金魚すくいのポイ

ぶらぁんと育ち過ぎたるひょうたんの網に受けられ尊大な顔

非常勤の講師となる子に思いを馳す母も講義を受くる身なれば

救急車に寄り添う独居の九十歳御苑の横を光り投げつつ

恋・哀傷の連歌に注はまだ足りず補注に深く重い意味付け

『浜松《はままつ》中納言物語』の発表終えし院生に高度な質問　論理的解答

「草原情話」

ビオラにて胡弓の音色を表現す「草原情話」頬に風吹く

根拠なき自信というべし区役所の健康チェックに総て丸する

流れ込み椀にふたつの黄味ならぶ弾力のあるひと日過ごさな

校内の野良《のら》猫の世話役おおかたは文学部の男子学生

ひとかけのパンを与えて嚙みつかるる　男子学生と昼下がりの猫

「あの子のね、噛みつく癖は野良猫《のら》だから」不良娘を弁護する目で

貴重本なれば付箋もコピーも不可　平成の風に触れさせやりぬ

愛犬は羊の着ぐるみ着せられて年賀の写真にかしこまりいる

一月のカレンダーは舟に七福神笑み満載に定員オーバー

同学の子らは博士の口頭試問《しもん》受く吾子は生活《たつき》のバイトに勤しむ

我が歌集人は見えねど検索に貸し出されいると府立図書館

出前ちんどん

喜びも感謝も総身に表現する子らとの演技に指先伸びる

社協二十周年記念式典

式典の出演依頼はノスタルジーに浸りて欲しきと「出前ちんどん」

回想法を介護予防のボランティアに採り入れ三年メニューも種切れ

許さねば大人とはなれぬものらしき抵抗どこまで幼き意地は

ネットにて検索に会う子の名前遠くに学ぶ論文三つ

知るは嬉しよ

『初学記』は辞書かと問えば中国の留学生は「類書」と答《いら》う

母・祖母よ初めて知りしよあれもこれも類書なりしと知るは嬉しよ

生まれたての月となるより他はなし教えを請えり孫ほどの院生に

図書館の前のベンチで泣いていたあの女学生《こ》も放課の流れの中か

立ちのぼる霧に包まる醒ヶ井の渓流を行く団体われら

水の辺を好みて咲くか霧らうなか合歓の花散るいくつかふわり

京野菜詰めてふくらむ段ボール病める子の元東へ走る

目に沁みる防虫剤に鼻も詰め考古資料の奥の仏書へ

義のために

義のために言うべきことと傷付けるを恐れ言わざることとの選択

馬上より観覧席の吾を見つく時代祭《まつり》の人は京を見晴かす

身の内に起りしことの何なるや根掘り葉掘りのＣＴ・ＭＲＩ

救急の待合室に青白き面《おも》の子会社の制服のまま

子が我と別れる時の悲しみを思いやるだに涙が滲む

イギリスより乗り継ぐロシア機長男《こ》は無事に成田に着けるテロを免かれ

この母を二人の吾子が奪い合いに「もて期」の写真をスマホの壁紙

初めてのスターらしきスターの登場はジュリーといえり華ある男子

中学校《がっこう》の歴史資料に混じれるは沢田研二の黄金のグラブ

グループ《G》・サウンズ《S》を目差しIターンせし人ら芸は身を助くその明るさに

細蟹《ささがに》のいわれのあれば剪定の枝残しおく網《い》を渡す蜘蛛

デラシネと翔ぶ

遠つ国の人に幼子もためらわず盆踊《おど》りの輪に入る金釘流に
置かれたる立場で咲けぬ花なれば綿毛となりてデラシネと翔ぶ

脇の下丘から乳房に無駄のなき女医の触診御手前のごと

しなやかな指にほぐされ触診の余波《なごり》のままにマンモグラフィー

乳腺はたそがれ時の交通網はた葉脈かマンモグラフィー

風土の違いか

日の本は柳芽を吹く唐詩には柳烟れる風土の違いか

ムスカリは涙壺かや春愁いさきがけて咲く人知れず咲く

就学前祖母の入院に付き添いて七輪で炊く己が食事を

未就学が祖母の付き添い覚束無と父の差し金子連れの継母

背に負いて泣きやまざるを継母は連れ子の「子守りが下手」と吾を打つ

ラジオの「たずね人」

ラジオよりの音楽に膝を揺りたればはっしと箸で継母に打たる

敗戦後数年ラジオの「たずね人」を病室で聞く祖母のかたえに

目を細め継母が我が子に与えたるトマトは食べず大人となるまで

職を辞せし子の長き夜を母われも昼夜逆転庭木も萎れる

営業の駐車領収書退職後もあまたが家に残されており

靴先きの尖れる

靴先きの尖れるを履くサラリーマン自信に満ちて吾子と対極

生きるとは心と体を整えて確める秤人さまざまに

薄く目を瞑りてもなお横切れる飛蚊症の点速くてひょうきん

瞳孔の開く薬の効いてきて白樺林のいま霧の中

朝聞きし訃は僻事と受け入れず心の蓋は月光に滲む

月よ淋しくて

うらうらととらえがたかる小春日の翳《かす》める視野を面白がりて

まぁここにいたのね月よ淋しくて探しに来たのにふたつに見える

洪水にうからを探す人今もなべて連れ去る水の恐さは

洪水で二度も家を流されて着るも食べるも閊《つか》え生き来し

雪雲の下に楡の木のシルエット寒くはないか遠く住む子は

学びがしたき

近眼を選ぶ手術の白内障資料の読み書き学びがしたき

麻酔の前「目を洗います」柔らかき水の流れて魚となりぬ

古里の海にもぐりし幼き日ゆらり水底目薬させば

水底は光る虹色海松《みる》あおさ従弟も目を開け髪ゆらめかせ

新しき視野と残世を共に生く喜楽多くし哀は少なく

砂漠の蛙

長き舌で砂漠の蛙は目を洗う過去と別れて我が身雪《すす》がん

窓寄りの『群書類従』書架越しに木の葉はまばら学生もまばら

働きたい、リスキーかもねの語が入るバスの会話は揺れつつ曲がる

妄想が病の人の忌　気安めを見透かされてより幾ばくもなく

真事実を追究するは文学の仕事にあらじと先学の言

泪拭くには

作品と作者は別と孤高なるロラン・バルトに学びし衝撃

刺繍入り・ブランド・汕頭のハンカチは泪拭くにはよそよそし過ぎて

イスカの嘴

電話にて話しかくれば話し出し黙《もだ》せば間のありイスカの嘴は

触れて欲しきことは軽ぁるくスルーされ隔り遠し価値感の差は

路地裏の店もスマホに導かる迷う楽しみも何処かに忘れ

ビル裏の螺旋階段いつしらに川端通りが表となりぬ

避難指示の出されし時のシミュレーション要支援者を訪ねる道順

黄味の名は

印肉を乾かし広げる年賀状同じ眼を持つ小動物か

福袋に「つけもんゴー」はた「黄味の名は?」去年《こぞ》の社会に起こしし旋風《かぜ》の

化粧して行くあてもなき元日を研究発表《はっぴょう》レジュメの作成にいそしむ

いつからか図書館の人の姿見ず賀状の隅に介護離職と

来賓に招かれ卒業式《しき》に　遠き日の鄙のおさげの三年二組

学食はみそ汁

学食はみそ汁のみでおにぎりを下宿より持ち来　遠き子はいかに

漱石が教鞭とりし本郷は唯一度のみ行きしと吾子は

ようやくに出勤のできる子を送る紫陽花の芽の生《お》うに気付かず

民生委員《みんせい》の創設記念はビッグサイトでその名におののく参加を請われ

ビッグサイトはコミケも開く大会場スマホで確認方向音痴は

向こう岸に

向こう岸に白き花咲く大樹あり確めたきも辿り着けない

落さぬよう夢の途中を繕える吾子のズボンのポケットの穴

妄想は現実となり企画成るキッズ・フリマの準備わくわく

企画練る子ども店長・子ども客フリマに児童委員《いいん》は引き立て役に

いつしらに瑞々しさを忘れ来て大人が学ぶキッズ・フリマに

浜離宮に

両陛下ご臨席の国歌に胸つまり途切れ途切れは我のみにあらず

浜離宮の緑の上の白鳥は風に押されて横様に行く

お兄ちゃんに会ったら何か食べてよとバイトの次男五千円くれる

背の伸びしかはた瘦せたるかはにかみて子は上京の母に会いくる

大都会の光と音は不安という吾子の旋毛《つむじ》に白髪混じりぬ

村菴の語の「売花声」唐宋詩・金・元・明まで尾を探し行く

先生も僅《はつか》遠視の出で来しか拡大コピー《かくだい》し渡す『佩文韻府』

思おえば先生三十二《さんじゅうに》歳我五十二師事をして早二十年が過ぐ

千年の恋

あと一頁めくれば典拠のある予感千年の恋に出合うときめき

子の世話になるを遅らさんと摂りいれる豆・胡麻・わかめ・まごわやさしい

加齢にて逆転するらしホルモンの女性は雄々しく男性は優しく

均衡の男性ホルモンが上廻り髭の濃くなる或る朝見つけ

言い分けをする気もおきず潔くいよよ男に近付きぬ吾

仏壇に鬼灯《ほおずき》の灯明《ひ》点もさんと陽の燦燦を祖母が手折りて

仏壇と墓参の花は家の前に育てる鄙の絶やさぬ習い

時折りは恥かしくなる吾子といて真っ直ぐ過ぎる言葉と眼差し

針をもて刺されし言葉もオブラートに包みて話す養成講座に

心の健康養成講座

これよりの寒さをいかに凍て鶴の態《なり》して厨に立つ九月尽

土砂災害情報徐々に近付けりテレビ画面の「お笑い」の上

家なき人

ビニールの袋あまたと着脹れて三条河原に家なき人が
対岸に若きがギター掻き鳴らし掻き口説くがに「らいおんハート」

「君を守るために生まれてきたんだ」と思い思われし人のいたはず

蕪村描く冬の夜ながら温とさは酒楼の窓にはつか洩れる灯

配流され絶筆となりし後鳥羽院の朱《あけ》の手形の手相を見つむ

鬼の霍乱

杉本は？風邪で欠勤しています「鬼の霍乱」と報告のあり

下請けと共に粉塵浴びいたるゼネコンの人の安否気になる

下請けに慕わるる人は生かま欲し逝きたる噂聞かぬふりして

図書館の跡地に芝生敷きつめられ寝そべる学生《こ》らの四肢よく伸びて

母の言の記憶に間違い有る無しをスマホに検索頷きおる子

風に刻む

言わぬゆえ腹黒き人　言いやれば「はっきり物を言わはる人」と

言い返すこと能わざれば言いし人は風に刻みて吾石に刻む

家の前を赤色灯の走り行けば看過はできぬ独居の人か

消防団・民生委員に救急の見守るなかを戸をこじ開ける

三十年前のお洒落な人も小さくなりストレッチャーまで抱え運ばる

さむらいにピアスの穴跡興醒めるスターなら日常《つね》はイヤリングに

タトゥ・ピアス旧習深き村に生まれ「身体髪膚これ父母に受く」

大学院に入り石牟《いし》礼道子《むれ》さんの研究者同期ながらに二十三歳

他校よりもぐりで聴講の子を私が母と知らずに世話せし同期

奨学金を背負い非常勤講師《ひじょうきん》のかけもちに研究の夢果たせるか吾子《こ》は

親として経済支援を違えしと奨学金を背負う子を思えり

いずれ人は何かで死なならんと言う達観したる女性《ひと》かその老い

歩けなくなりて手摺りを付けるなら介護予防の意味はなさぬと

「ひきこもり」が七千人と市の人がそれではすまぬと小さくつぶやく

縁談のお誘い

ほうかふうマスクの女性《ひと》は池大雅展《たいがてん》に暑きか詠嘆か吐息を洩らす

四限目の授業のかわりに池大雅展へ漢詩の画題にうねる山々

読めぬのに賛を見つめて鼻と額ぶつけガラスを息で曇らす

晩学の身に縁談のお誘いと実年齢にお墓の勧誘

ひとつ箍《たが》をはずせば息継ぎ楽になる視点を変えるまでの逡巡

指輪よりも

息子《こ》のくれしカバン髪止めイヤリング指輪より子となりくれしこと

可笑しさに顔ゆるみたり贋作の松茸ごはん炊かんとするに

障害のある子が「やぁ」と良き笑みで心開きてくるるまでの年月《とし》

ふっつりと行く方知れぬ生活保護受給者《じゅきゅうしゃ》は蘇武に雁とう便りの故事も

ボランティアの合同歌集制作も第三となり次男に負うる

遠浅の漁

早逝の妹の子我を舟にのせ叔父は艪をこぐ遠浅の漁

校内に落ちてるものはイヤリング・ヘアゴム・クリップ挑みし単位

たてと横の地震《ない》におののき吾子の名を呼ばわり先ずは傍におらさんと

民泊の遠つ国の人素足にて三人《みたり》が飛び出すアースクエイクに

高齢の独り居を訪う地震《ない》ふりし時の心地と安否確認

生き物のごとく余震の胎動がなおも伝わりくるが切なく

大阪府北部地震

三十軒ほどなる町の町会長みな輪番とわたし町会長

生ゴミの散乱はた救急車町会長となり四ヶ月が過ぐ

京都市の行政区ほどの我が鄙の町《ちょう》の面積山あり海あり

いつからか本に走らずなりし紙魚《しみ》吹けど飛ばざる手本なりしが

図書館より帰宅する間の惜しかりし語句の調べの派生・連鎖に

山紫水明処

大風をやり過ごしける頼山陽《さんよう》が山紫水明処は青空の下

インスタにあげるか写メを撮る女子は無慚に折れし桜大木

畳あげ撓う玄関の戸に押し当てやり過ごししは伊勢湾台風

海添いの観光旅館はさっちゃんの家とて走る倒壊と聞き

さっちゃんに贈る手書きの小説は「赤い台風」今はいずこに

まろき月見す

「付喪神」を卒論とし今子の母となる人を見るフェイスブックに

来月より産休に入ると上着開け図書館司書はまろき月見す

雲が月を食べんとする景インスタにあげれば「いいね」がすぐに付きたり

宇宙よりカプセル還る人もかく高温摩擦に身を焦しつつ

玄関と居間の鏡は採光に老女と致仕のふたりがおりぬ

ライク・ア・ローリングストーン

ころげ落ちる石のようにとボブディラン同じ文言『徒然草』に

一八八段

終活に『瀧口入道』は残し置く初版は明治、四十五銭

なんじゃもんじゃの木

図書館の知の迷路よりよろけ出で陽にやわらかきなんじゃもんじゃの木

調べるに不足はなけれ書庫の森分け入り迷う語句の手がかり

都会からとり残されたる産土の地名見い出す『万葉集』に

遅咲きはなかなか散らぬ山茶花を横目に登校後期高齢

伏せがちの年齢急に言い初めき後期高齢を免罪符として

希望の嵩

子の持てる希望の嵩の萎めるが徐々に白髪の目立つに衝かれる

バーを摑み腕の力でバスに乗るこの先き我の姿か知れぬ

青春の光と影

青春の光と我が影知る人の訃音が紙上に平成最後の

民生委員《みんせい》の三人の欠員整えて最後の奉公一斉改選

寄る辺なき身

寄る辺なき身の矜持かと媼ひとり一棟片し施設へ入りぬ

年度末は午前配食午後はゼミ夜は社協の総会と積む

神殿へ辿り行く間も多国籍屋台の薫煙《けむり》浴びて追儺へ

長男は「作業してる」と三校のかけもち講義の準備を言えり

次男早や亥の三廻りめ共にいてストレスなきは辛抱しくるるか

少女の純情

上皇后を初めて拝すと昂ぶれる少女の純情スマホ震えて

上皇の車列は減速す園児らとデイケアの老いらの見送る列に

水溜りへ幾度も行く幼子《こ》を引き寄せる母子の葛藤すでに断絶

市長より礼状届く年毎に急報システム三人《みたり》の担当

中学の卒後六十年来賓の席に足元冷やして坐る

丹波の柴栗

我が仇名丹波の柴栗我が友を「淡島とかげ」と名付けし人逝く
友はなおポパイの恋人オリーブと五十年経しも仇名で呼ばる

我が仇名あけちゃん　杉ちゃん　泣き　二条　丹波の柴栗　ケニアの穴熊

スキー・釣り・ゴルフの日焼けを同僚と取引先に呼ばれし「穴熊」

幾度なく時代祭《まつり》の列は止められて前搔しきり信長の馬

信条のひとつ

数学の弱きは今も変わらずに机の下に指折る脳トレ

正座より立ち上がることのいと難し未だ早きとぞ心の裡は

痛み止め・注射・手術のいずれかと先ずは見直す椅子の生活へ

それ屋はんに見えてしもたら頭打ち信条のひとつ「慣れるな」と語

逝きし人の声の朗らか留守電に秋闌くる夜偶《たま》さかに聞く

吹き渡る風

群生のすすきに穂の出で「ごんぎつね」兵十探す銀の波より
「ごんぎつね」は吾が亡き母の里近し一面の田に吹き渡る風

泥水に浸りし町

この先の難儀を思い涙する泥水に浸《つか》りし町の映りて

東日本台風大雨被害

苦・痛・悲は忘れるように出来ていると　さに非ずこの泥水の町

海の辺に父は八つの子を置きて海より遠き寡婦を助けに

洪水に家は流され独り脱出《にげ》し簡単服と素足の八歳

深刻とはせず子に伝う貧しさに汚い雀といじめられしこと

人生を投げてしまうは未だ早い　父三十五歳二度目の水害

思おえば寡男となりしは二十八歳　父もあわれと今は諾う

流されし家・避難所・仮設へと五年生までの流転の暮し

誰も頼れぬ

いざ事の起きたる時は頼れぬと知りし八歳たとえ身内も
教科書も鉛筆ノート服カバン母の写真も一切さらわる

捨てられぬ「知の基」本と洋服は幼き時に足らざりしもの

三十五歳建売りをわれ海のなき異郷に購う誰頼るなく

縁者なき町に子を産み住み込みの子守りを頼み仕事を続ける

いつも三時

リリヤンが流行り初めしは仮設《かせつ》住宅にて地元の子らのするを見つめいき

時計見る大人の仕草に憧れて描きし手首はいつも三時で

スマホのライン

民生委員の会長辞せば年の瀬もスマホのライン鳴動の減る

役退《の》きて解かれし重き責任に忘れ事せしかと空白おののく

籠り居と『暗夜行路』を読み終えぬ長男《こ》の読みしとうに共有したく

志賀直哉は『和解』すも父と和解せぬ間の永別は枷と重しに

思うこと言うを許さぬ抑圧は家父長制の父の残物

見返し繰りぬ

励ましに助言したきを唯に聞く言いて去られし友ありたれば

為めを思い言いし助言は苦しめる唯に傾聴蘇生を待ちて

突然の訃報の頁幾度《いくたび》も見返し繰りぬ誤植でなきかと

岡崎洋次郎先生逝去

図書館の長期閉館なる前を資料の目ぼし白川《しらかわ》静文庫に

コロナ禍にステイホームと言われては厨の片付け明日は本棚

蛍の住み処

紙屋川は蛍の住み処と鷹峯小学校と書く貼り紙に
紙屋川に「ゴミ捨てないで」貼り紙は肥えた蛍のイラストのあり

一条帝の葬送の地にもあるらしくここ紙屋川は時空を超えて

心太と押し寿司の型購いぬ祖母の真似して吾子《こ》にしやらんと

拉致されし人らの帰国に涙してカメラ係りもめぐみさんはいぬ

横田滋さん逝去

マスクにリボン

独りでも苦にならぬ人淋しさに耐えられぬ人も自粛生活

手作りのピンクのマスク楽しめり後ろめたくもコロナ禍のなか

楽しむは我のみならずや地下鉄の婦人のマスクに小さきリボン

手作りをいくつか送りくれしマスク顔に添いきてストレスフリー

お出掛けも眉のみひきてマスクかけコロナ禍のため手抜きを覚ゆ

綿、晒、ポリエステルで三重に作りしマスクを次男《こ》は着け仕事へ

伸縮も申し分なしヒートテック下着と言わず子のマスク作る

我が下着のリメイクで作る布マスク子は怪しみて一度も着けず

心の裡にしまう

バス停の前の茶房に「空店舗」と　心の裡にしまい置くあり

忘れし頃厚労省より表彰とコロナ禍のもと出席を迷う

「夢はかりにて」

「あふことの夢はかりにて年もへぬ」室町の昔　甘露寺殿の

身をよじり元の姿に還らんと冷凍庫より出でこし輪ゴム

中世のダイナミック

「砧」の語『源氏物語《げんじ》』の世界は下町と貴族の境の道具立てなる

「砧」の語受容の多し漢詩・和歌・連歌・連句に人待つ心

入国のできぬ二人とはリモートで五山の僧の詩・五人に対面

母の里に近き新美南吉《なんきち》調べたきも中世の魅力なおダイナミックで

在原行平《ゆきひら》の伝承の寺見つけたる統廃合せし銀行探して

捩摺草

氷室野より移し植えおく捩摺草いつしら咲き継ぐ都会の路地に

コロナ禍の街を貫き鴨川は素知らぬ顔に静かな流れ

手洗いをポンプ式へと移し替え子に指摘さる「食器洗剤の香」と

「失敗も短歌にしたら？」おかしみに替えるは嫌やではないむしろ好き

ワクチンの接種はややに行き渡り井戸端会議の声も明るし

幾万の微笑

ドレッサーを大型ゴミに出した朝幾万《あまた》の微笑《えみ》と訣別したる

化粧する度の微笑みある時の決心も映せし鏡との別れ

残世の生き方

残すのは、残さないのは何によるか残世の生き方決めかねている

ゴルフ道具にスキーも断捨離次男《こ》は言えり「思い出の品は置いておきなよ」

ゴルフなど仕事の延長接待の道具に過ぎず子を産みて断つ

ゴルフは公スキーは私とて楽しめり仕事人間の褒美となして

園児から中学までの二人子の図画の出で来てまた仕舞いおく

惚れはしないか

五十年前の写真を次男《こ》に見せて「惚れはしないか」とたわむれに聞く

五十年前の写真はセピア色髪たっぷりとはにかみている

やんごとなき用

言い訳に同じ思いの人溢るやんごとなき用の外出と

次男《こ》とふたり榲を揺らし地下鉄に彼岸うららか大義名分

お墓への坂道は母の歩幅にて子は時折りに「休憩」と言う

再放送を「いいね。何度も楽しめて」結末忘れを次男《こ》に揶揄さるる

さり気なくクーラーの設定引き上げて子は自室へと帰る食後を

「貧しき子たち」

戦前の給食を食ぶる子の様が改造社版に教師の短歌

筏井氏の「貧しき子たち」の短歌の中に我が姿あり昭和の子ども

これ食べれるの？

ひもじさに山桃アケビ酸葉まで悪童に従《つ》き「これ食べれるの？」
野山駈け土塊となりぬ悪童にひもじさなだめる木の実教わり

潔き言葉

貧しさは恥には非ず晩学に知る「清貧」という潔き言葉

現代《いま》の子は六人に一人が貧困と不条理にして「親ガチャ」との語

非常勤《ひじょうきん》講師と塾をかけもち生活に追われるも夢を果たしたる吾子

十一年の歳月をかけ長男は博士号授与さる東京の地で

密を避けデパートへ徒歩でケーキ二個次男《こ》は母われの誕生日とて

バレー部の

天国の友との約束を果したる大野《おおの》雄大は天に金メダル掲ぐ

スポーツ欄のおのおののポーズに力あり暗き紙面のそこのみ元気

バレー部の今に残れる証には節高き指膝頭のゴリゴリ

乳首の型で力士の名を当てる小学男子好みはウルフと

取り組みの端に映れる定位置は着物の婦人粋で涼し気

ほど良き間延び

若き日に自選に作りしテープ出でほど良き間延びの「明日に架ける橋」

英会話のリスニングにはお誂え延びしテープのオールディズは

大分県《おおいた》のお猿の人気投票に苦味ばしった写真へ一票

背負いたるもの雪《すす》がんと身巡りの追儺のはしご今年は行けず

吉田さん・熊野・須賀さん・聖護院コロナ禍に行けず満足《まんぞく》稲荷さんも

「会いたい」がコロナの緊急宣言《せんげん》を上廻り鴨川堤を等間隔に

対岸の南座の夜景を酒のあてに岸辺の二次会若きが集う

物足りぬ時短営業に若きらが二次会をなす鴨川堤

密かな自慢

産土の密かな自慢雪舟図　源義朝《よしとも》終焉　水夫音吉

産土の「慧可断臂図」は雪舟筆今は京都の国宝展で

「ああぬいて」と水夫音吉「礼拝」を産土の地の方言で訳す

祖母は膝に「ああぬかっしゃい」と目の詰んだ櫛にて我の虱を梳けり

最古とう和訳聖書は音吉の方言なりと読んでみたきが

梅干しを筍の皮に包みくれ「しゃぶらっしゃい」とおやつの代わりに
種の中に「天神様が御座らっせる」と口淋しさについ噛み砕く
核におわす天神様も酸っぱかり勿体なくも畏み食ぶる

組織か人か

語り合うこと少なけれどシンパだと思える人のいる温かさ

遠くからエールを送りくれたような組織か人か悩みいし時

「個」を撃つは弱虫ならん標的を組織となせばまだしも得心

矛先きを間違えている本質もずれている「個」より組織が金的

新人の社員を潰す育成法黴にまみれた徒弟制度で

ちりめんの袖口

腹に乗せ「送りつり出し」珍らしき技にて宇良の刹那の良き顔

秒以下の数字せわしく画面右パラ競泳は一分二十二秒切る

鈴木孝幸選手

ちりめんの袖口を揉み「貫八《かんぱち》やな」値踏みをさるる京都恐ろし

二の腕のちりめん皺にクリームを擦り込み冬はカサカサと来ぬ

見えているに埋もれ出で来ぬトランプの堂々めぐり我が占いは

吾子《こ》の寝具日に干し部屋を温めてコロナ禍の隙間の帰省を待てり

如月の澄みなす月は目に沁みて赦し赦さる事ども思う

今はもう遥かな人に「ごめんね」と電話に詫びるこれも終活

惜別の柳

ラインにて劉・呉・袁さんに王維詩かと五輪閉会式《へいかいしき》の「別れの柳」を

惜別に柳を贈るは『詩経』にもと劉さんからの返信のあり

色のなき街

「身を捨つるほどの祖国は」刻まるるＤＮＡの変えようなきか

街路樹も爆破され尽くし色のなき街とはなれるに　我落花浴ぶ

鴨川を見降ろす店にボルシチとピロシキ楽しみき半世紀前

処分するに易きはそぐわぬ貴金属難きは衣服幼児期に足らざる

破顔して「やっとかめだなも、まめなかえ」年ごと濃くなる祖母の思い出

十三人の孫

十三人の孫の我のみが破天荒自己の生き方探すを見守る

今生《こんじょう》で解決せねばまた来世同じ辛苦が待ちかねいるか

美しき言の葉の神

「他人《ひと》さまの思惑よりも自が幸を」と友クリスチャン涙滲ませ

恐れるは因果応報守りたきは「義」と「節を持す」恥じぬ生き方

美《うるわ》しき言の葉の短歌《うた》に憧れて試作・作・作・見放されたる

こんなにも私性を詠んでいいかしら美しき言の葉の神見えず

白秋迎う

面白き来し方なりきと思い出し笑いしつつも白秋迎う

向こう岸に心に残る人多し会いたき順の顔思い出《い》ず

あとがき

第一歌集『生まれたての月』を刊行して九年が経ちました。その間、民生児童委員会長と精神のB型就労支援施設の充実したお手伝いも停年を迎えこの身と視力に衰えを覚え今のうちに第二歌集をと思い到りました。

第一歌集は〈わがたつ杣〉比叡山の山の端から登りはじめた月の美しさに感動して題名としました。学びの門をたたいたばかりの私は月は思考するにふさわしい対象と捉え、人に教わる心持ちは生まれたての月のようでありたいと願って参りました。

本歌集は鴨川をはさんで「向こう岸に」白い花をつける大樹がありそこからつけました。何の木か確かめたいけれど辿り着けない、それは恰も学びの好奇心が深くて辿り着けない私の心を比喩しているかに思えました。計らずも両歌集とも学びを希求する表象となりました。

表題歌となった「向こう岸に白き花咲く大樹あり確めたきも辿り着けない」の一首について、月次のポトナム誌二〇一七年十一月号に岡崎洋次郎先生が「向こう岸は一読して仏教的な彼岸、此岸を詠む作品と思った。もちろん、表現的には叙景の歌として詠むことができるが、何かそれだけに留まらぬ余韻を持つ一首である。結句の意味が深い」と評して頂きました。

助言を頂き「確かめたきが」を「確かめたきも」と改めました。

作者の意図せぬ深淵なる鑑賞をして頂けるのも短歌の学びの醍醐味でもあると感じ入りました。そして比叡山のある東山から鴨川を挟んで西の方へ天体が運行するさまは私の年齢の推移でもあるようです。

学ぶことが楽しくて家でその話をするうちに、受講している立命館大学の教室の前の方の席に他大学英文科へ通っていた長男文四郎の姿を見かけることがありました。ある夜、文四郎がイタリア文学の竹山博英先生の教室で「君は誰かね？」と聞かれたとのこと。大きな教室での受講からゼミに迄行った様子でそれ以後、とても大切にして頂いたようで竹山先生と、私と同期の寺下さんには母子共にお世話になり感謝しております。

また私とは年齢差があるのに級友、留学生のみなさんは隔てなく接してくれて有り難うございます。

中本先生の比較文学のテーマを選ぶ時、長男文四郎のお陰で澁澤龍彦著の中の「空飛ぶ大納言」から藤原成通を知り修論まで続きました。今も「成通」の研究は続けたいと思っております。

次男正二郎は私にどんな時も心の安寧を与えてくれます。地域ボランティアの川東短歌会の合同歌集を刊行する際は、会員さん一人一人に誠実に寄り添って作品に相応しいカットを入れて第三歌集まで制作してくれました。

兄、母、妹を失ったのが一歳九ヶ月、二度の災害に遭い家族というものが判りませんでした。そんな中、唯一人暖かく包んでくれた祖母が短歌へと導いてくれました。小学六年の頃には、家計のためにみかんの缶詰工場で働く様子を短歌にしていました。四十前に出産、五十歳から学びへと、とてつもなく廻り道をしている間に日暮れて漸くそのとば口に立てたような、そんな私にとって短歌はセルフカウンセリングの役割を担ってくれているような気がしております。

次の歌集の帯文を学びの師と仰ぐ中本先生にと願っておりました。表題の一首からさすがに文学者で居られる解析と「問いかけ」の帯文を賜り心より感謝致します。

中西健治ポトナム代表には学部生の時の「日本古典文学概論」から修士一・二年の『浜松中納言物語』輪読に到るまで研究の深淵なる方法についてご教示頂き、この度の第二歌集刊行に際してもお力添え誠に有り難うございます。

清水怜一先生には私の厄介な短歌の添削とご指導賜り感謝致しております。これも私の個性と思し召してお許し下さいませ。

また歌友の皆様には学ばせて頂きお礼申し上げます。

出版にあたり青磁社の永田淳様・装丁をして下さった大西和重様お世話になり誠に有り難うございます。

令和四年十二月吉日

杉本　明美

著者略歴

杉本明美

二〇〇三年　ポトナム入会
二〇〇四年　川東短歌会設立（ボランティア歌会）
二〇〇五年　『春雷頌』ポトナム京都七〇周年記念合同歌集（ポトナム叢書四一三号）
二〇〇六年　京都歌人協会入会
二〇〇七年　「ゆりかもめ」合同第一歌集（川東短歌会）
二〇一〇年　日本歌人クラブ入会（亡母の名を筆名として）
二〇一三年　「ゆりかもめ」合同第二歌集
二〇一三年　第一歌集『生まれたての月』（ポトナム叢書四九六号）
二〇一八年　「ゆりかもめ」合同第三歌集

歌集　向こう岸に

ポトナム叢書第五三六篇

初版発行日　二〇二二年十二月十二日

著　者　杉本明美
京都市左京区中川町一九〇－九（〒六〇六－八三八一）

定　価　二五〇〇円

発行者　永田　淳

発行所　青磁社
京都市北区上賀茂豊田町四〇－一（〒六〇三－八〇四五）
電話　〇七五－七〇五－二八三八
振替　〇〇九四〇－二－一二四二二四
https://seijisya.com

装　幀　大西和重

印刷・製本　創栄図書印刷

©Akemi Sugimoto 2022 Printed in Japan

ISBN978-4-86198-554-6 C0092 ¥2500E